À tous les membres de la famille

L'apprentissage de la lecture est l'une des réalisations les plus importantes de la petite enfance. La collection *Je peux lire!* est conçue pour aider les enfants à devenir des lecteurs experts qui aiment lire. Les jeunes lecteurs apprennent à lire en se souvenant de mots utilisés fréquemment comme « le », « est » et « et », en utilisant les techniques phoniques pour décoder de nouveaux mots et en interprétant les indices des illustrations et du texte. Ces livres offrent des histoires que les enfants aiment et la structure dont ils ont besoin pour lire couramment et sans aide. Voici des suggestions pour aider votre enfant avant, pendant et après la lecture.

Avant

Examinez la couverture et les illustrations, et demandez à votre enfant de prédire de quoi on parle dans le livre.

Lisez l'histoire à votre enfant.

Encouragez votre enfant à dire avec vous les formulations et les mots qui lui sont familiers.

Lisez une ligne et demandez à votre enfant de la relire après vous.

Pendant

Demandez à votre enfant de penser à un mot qu'il ne reconnaît pas tout de suite. Donnez-lui des indices comme : « On va voir si on connaît les sons » et « Est-ce qu'on a déjà lu un mot comme celui-là? ».

Encouragez l'enfant à utiliser ses compétences phoniques pour prononcer d'autres mots.

Lorsque l'enfant a besoin d'aide, lisez-lui le mot qui pose un problème, pour qu'il n'ait pas trop de mal à lire et que l'expérience de la lecture avec les parents soit positive.

Encouragez votre enfant à lire avec expression... comme un comédien!

Après

Proposez à votre enfant de dresser une liste de mots qu'il préfère.

Encouragez votre enfant à relire ses livres. Il peut les lire à ses frères et sœurs, à ses grands-parents et même à ses toutous. Les lectures répétées donnent confiance au jeune lecteur.

Parlez des histoires que vous avez lues. Posez des questions et répondez à celles de votre enfant. Partagez vos idées au sujet des personnages et des événements les plus amusants et les plus intéressants.

J'espère que vous et votre enfant allez aimer ce livre.

Francie Alexander,
spécialiste en lecture
Groupe des publications
éducatives de Scholastic

D1262650

À Justin
— *M.P.*

À Chris Dahlen
— *T.W.*

À Benoit
— *L.D.*

Catalogage avant publication de Bibliothèque et Archives Canada
Packard, Mary
Cher Père Noël... / Mary Packard; illustrations de Teri Weidner;
texte français de Lucie Duchesne.

(Je peux lire!. Niveau 1)
Traduction de : The Christmas Penguin.
Pour les 3-6 ans.
ISBN 0-439-94111-3

I. Weidner, Teri II. Duchesne, Lucie III. Titre. IV. Collection.

PZ23.P324Ch 2005   j813'.54   C2005-906633-4

Édition publiée par les Éditions Scholastic, 175 Hillmount Road,
Markham (Ontario) L6C 1Z7.

6 5 4 3 2   Imprimé au Canada   05 06 07 08

Cher Père Noël...

Mary Packard
Illustrations de Teri Weidner
Texte français de Lucie Duchesne

Je peux lire! – Niveau 1

Éditions
SCHOLASTIC

« Cher Père Noël, écrit Félix.
Je sais que les manchots
ne peuvent pas voler.
Mais j'aimerais pouvoir essayer.

Pour Noël, je ne demande pas
un train ni un nouvel ourson.
Tout ce que je veux,
c'est voler comme un pinson. »

Félix termine sa lettre
et la met à la poste sans tarder.
Il appelle ensuite ses amis
pour aller jouer sur les glaciers.

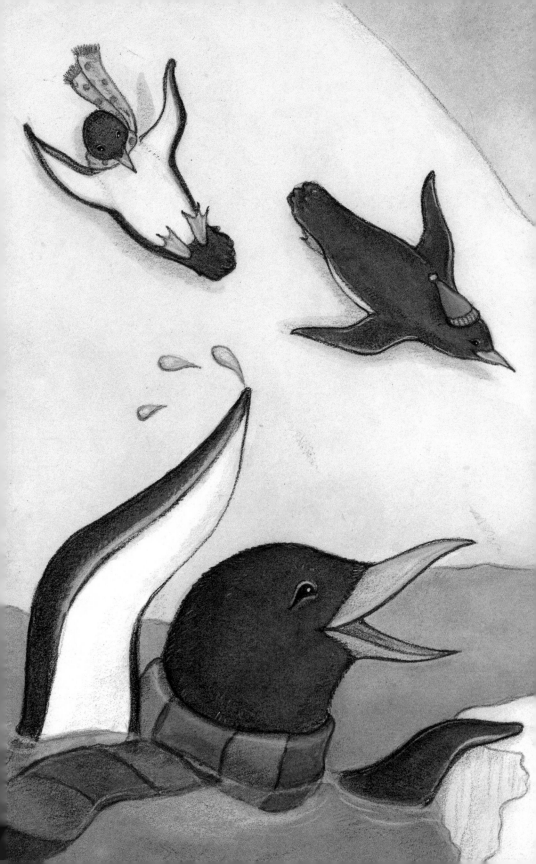

Ils glissent sur le ventre
et descendent jusque dans l'eau.
Plouf! Plouf! Plouf!
Ils nagent sur le dos.

Les ailes de Félix
lui permettent de nager.
Mais il a beau essayer,
il n'arrive pas à s'envoler.

La veille de Noël, Félix est
bien au chaud dans son lit.
Soudain, une lumière éclaire
sa chambre dans la nuit.

Le son d'une voix le réveille :
— Lève-toi, c'est le moment!
Félix se frotte les yeux.
Il voit le père Noël qui l'attend!

Félix sort par la fenêtre
et monte dans le grand traîneau.
Avant même de faire « Ouf! »,
il est déjà rendu très haut.

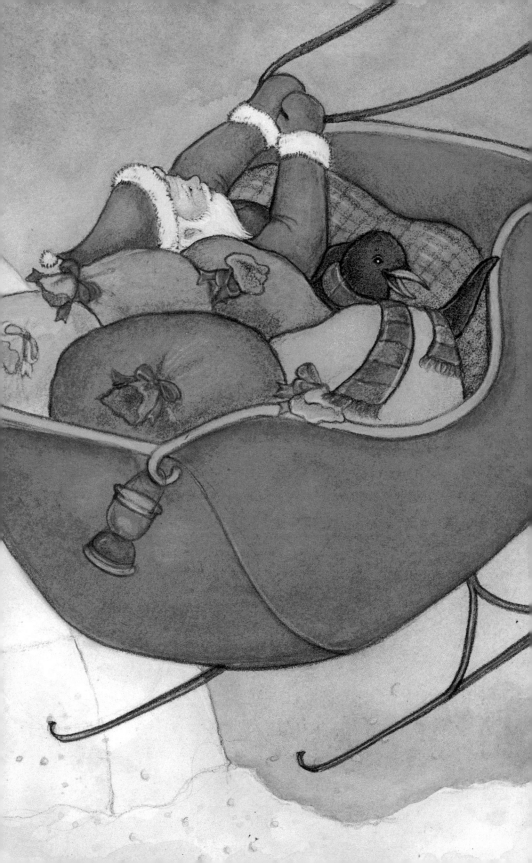

Le traîneau accélère,
poussé par le vent polaire.
Félix est fou de joie :
il vole pour la première fois!

Le vent souffle et souffle encore.
Le traîneau est très secoué.
Si bien qu'un sac de jouets
est sur le point de tomber.

Le père Noël essaie de l'attraper...
mais il ne le saisit pas à temps.
Le sac tombe dans l'eau,
puis s'enfonce lentement.

Le père Noël fait atterrir le traîneau
et tente de sortir le sac de l'eau.
Mais il est bien trop loin
pour qu'il l'attrape de la main.

— Attendez, dit Félix. J'y vais!
Il plonge dans l'eau d'un bond,
et nage très vite jusqu'au fond.
Il remonte enfin avec le sac de jouets.

— Incroyable! s'exclame le père Noël.
Personne ne peut filer aussi vite
que toi dans l'eau.
Tu es rapide... comme un oiseau!

— C'est vrai! s'écrie Félix.
Nous, les manchots, nous volons...
à notre façon!

Félix aide ensuite le père Noël
à livrer les jouets
dans toutes les maisons,
aux filles et aux garçons.

— Merci beaucoup! dit le père Noël.
Tu es mon petit lutin ailé.
Crois en tes rêves,
et ils vont se réaliser!